U0724052

转弯的火车

中国
当代
诗歌榜

王月山 著

中国文联出版社

图书在版编目（CIP）数据

转弯的火车 / 王月山著. -- 北京：中国文联出版
社，2024.2
ISBN 978-7-5190-5446-5

Ⅰ．①转… Ⅱ．①王… Ⅲ．①诗集－中国－当代
Ⅳ．① I227

中国国家版本馆 CIP 数据核字（2024）第 052351 号

转弯的火车

著　　者　王月山
责任编辑　周　欣
责任校对　胡世勋
装帧设计　悟阅文化

出版发行　中国文联出版社有限公司
社　　址　北京市朝阳区农展馆南里10号　　　邮编　100125
电　　话　010-85923025（发行部）　　010-85923091（总编室）
经　　销　全国新华书店等
印　　刷　三河市华东印刷有限公司

开　　本　787毫米×1092毫米　　1/16
印　　张　13.75
字　　数　204千字
版　　次　2024年2月第1版第1次印刷
定　　价　68.00元

版权所有·侵权必究
如有印装质量问题，请与本社发行部联系调换

目 录
CONTENTS

第一辑　转弯的火车

第二辑 做一条好牛

第三辑　鸟飞过天空

第四辑　给事物正名

第五辑　古风诗笺

第一辑　转弯的火车

河水洗濯出的物事

河水洗濯，有些物事似泡沫
有些年代久远的渐就泛出
譬如岭南山地那些斑驳的碎片

那时候，顽童钻进岭上清一色松树
看喜鹊垒窝、鸣叫，飞进飞出
摘取浆果。林间便多出喜鹊

直到现在。这些画面将我导入
浮在河面，随后被冲走

反反复复，河水将我拉近
场景在置换，山地现出无数松树
停落许多叽叽喳喳的喜鹊

特别场合，像绳上许多的结
被打开，被理顺。迫逼着我们
重塑与开光

往事如烟，山地仍然是山地
尚见苍松。喜鹊随着环境气候
但确切又真实地存在过

多少年过去，我依然是原先的喜鹊
还是原地，返归于林
多出许多品种。少了些喜鹊

开在绝壁的花

时间在这一刻静立
湖水荡漾，似淡淡的冥想
一块壁立千仞的巨石
取代了无花山无花的传说
正如确凿历见的"云住""辽远"
飞鸟展翅，吴带当风
以一种无言的声音呈现
（这里当初书院的鼎盛）
让人顿时肃然起敬
看不见的湖水，更加烟波浩渺
湖风吹来，花愈加坚硬久持
烟雨洗涤，瓣更为脉络清晰
阳光之下浓了它的温度
一切都在静穆，我与花的
长久对视，等待深谷攀缘的言辞
千年的洁净俊逸存活人间
就像镌刻千仞的花，巨石仍然是巨石
俯瞰湖水奔泻，岁月的回肠荡气

第一辑　转弯的火车

005

五指峰

在与不在，见与不见
攀爬山中，五百年无法走出

五指山，巍峨参差，连接着山河大川
将山搬走又堆耸，植入花草树木
极寒的日子，将我置于南面之暖阳

打造日月经天，江河行地
世间便有了云海日出，满目葱绿

置身茂林修竹的植物园，饱食田园风光
沿着陡且长的石级，驻足峰顶
旷远亦清新

穿行峰恋叠嶂，沐浴朝晖夕烟
满目尽是它的风景
多少年过去。转身苍茫
天地间就像映出的风景片——《庐山恋》

母亲的葡萄

葡萄的秘密，只告诉母亲，一个人知道
就像母亲教会她如何生长大地
迎合风雨，直立或匍匐

绿得像一团烟云，蹦出葡萄
时间推移，青果变为红玛瑙，坚挺且秀美

从初潮那一刻的羞怩，便努力着色与发酵
提纯，盈满酒瓶，弥久愈益醇香

葡萄遇见品酒师就开放。只只尝试酸甜的舌尖
贴近熟透的葡萄。就像一群撒娇的孩子
争着抢着跟葡萄亲昵

母亲将她打包与托付。旋开瓶塞，注满一只酒杯
倾倒草地，白云间浸润着葡萄
听见了，液体滑落瓶颈的呢喃
是这个世界上最幸福的

跨入河里的羊

在这沉寂亦闪着粼光的河流
鸟子立于水面
鱼在树叶下漫游——

一朵白云的投入
河面瞬间冲卷出巨柱
将迅即乍现的又一片吞没

河水仍旧沉寂亦闪着粼光
白云惊慌且茫然
哀鸣。随水漂浮

天地邈远且深邃
悲壮而泪下

一条虚拟的河流

我知道：你在寂静地勘察和规划
把山搬运，石块垒砌成护坡
泥土夯实，低洼处疏浚
抬起的高度抵挡浪潮，蓄积更多河水
燃烧的烟火将白天黑夜煮沸
山体被掏空，汇合支流，壮观且浩荡
浪花响起，似合欢树上的叶
潮水紧跟潮头，奔腾涛涛
把甲骨文赶入，蝶变鱼群
把牛羊赶往下游，排列成电站
白云一次次将波光推送——
芦苇荡邈远且浩荡，绿浪的涨与落
紧跟着日子翻页

林间的树

我看见，玄冬的树枝在倾吐

绿色的瀑布燃起焰火

阳光满面，风中婆娑起舞

紧随着日子，淡了往昔，浓了时光

雨中饮泣且静默

历经春与夏，益发蓬勃

薄凉的秋风中沉淀。黄叶凋落和无奈

成就它的旁枝斜逸，高大与魁梧

世间的千事万物

有如树自我修整地炫出

在于外来修饰的渐趋完美

寂静之后

有的被河水冲出

夏日港湾

谁人预料，一座山一条河
一片田地，甚至荒凉之地

正如眼前，喘息了千万年的港湾
笑纳芙蓉山泉，衔接鄱阳湖
印证炊烟的欢闹
现代元素的介入
一汪涟漪
眼睑施抹青黛

鸟从天空掠过
水草失身于湖湾
迎合着柳树新绿
葳葳蕤蕤蔓延成一种阵势
燃起的绿烟
任由阳光抚摸，星子沉醉

谁人如我，驻足于此
回放垂钓的长线，此刻

水蛇吹着口哨，游入草丛

惊飞野鸭清梦

船过三峡

像条中华鲟
追峰逐浪，一路欢畅
惊叹"长城"的震魂荡魄
白练从天飞泻。唯有无言以对
越过三重天
天地邈远而浩瀚
水美草肥，鱼戏鸟弋
我像久别重逢的亲人
巡视水域，探幽寻秘
感知脉息和温存
蕴含日月精华，博大且精深
觅食自由，呼吸通畅
闲看日月云天，静听清风禅心
沐阳含露，朝花夕拾
江河在纷繁呈现

一切都在绿荫中铺展

达子嘴，像一支张弛有度的曲子

流淌着自然、和谐绿的基调

怡悦祥和的桃花源

食物充足，空气清新

人类的恩赐有加

白鹭过了乐章的平缓部分

会在某个时刻

陡然飘落一场雪景

以一种姿势将爱叠成浪花

以一种舞蹈完成飞翔

以一种阵容铺展镜面

渐趋包围着湖畔和山林

水中寻觅音符，湿地飘扬祥瑞

堆耸俊秀的峰峦

日常的生活有了艺术家的

云雾缭绕。和风轻拂

鹰一般梳洗着自己的羽翼

曲子在悄悄翻页

湖　水（1）

像湖水一样，甘之如饴

白天抚摸阳光，黑夜感知温度

缔造一处港湾

夜静更深，袒露皎洁清辉

凸现迷茫薄纱

风过处，湖面荡漾涟漪

草在轻轻招摇

月随浪坠入波心

瞬间翻卷着蹿出谷底

冲上湖滩，天地间温润且祥和

巨浪将船抛起又落下——

桅杆伴随喘息的深入浅出

预示着梨花雨即将降临

淹没月湾，滩涂一片沾湿

天地间渐趋风平浪静，月明星稀

归田园兮

从明天起，我将成为幸福的人
觅一处地，有山亦有水
院内栽上花草，养些鸡鸭鹅
最好有一条狗，陪伴我溜达和说话

从明天起，做一个闲云野鹤
开垦一片荒地，栽种些粮食蔬菜
早晚锄草松土，地沿点播瓜果
迎合花的微笑，看看田野风光

从明天起，做一个闲情逸致的人
关注世外大事，陪着老伴晒晒太阳
闲谈些陈年旧事，倾听鸟语虫鸣
湖作钓竿岛为钩，钓起一片天地

从明天起，做一个有情趣的人
结识些驴友，发些牢骚
摆上时令瓜果，吃些自产的蔬菜米饭
相约周游世界，给遇见的陌生人递上祝福

从此，心旷独高远，更无车马喧
天地适本性，老来一闲夫

湖　水（2）

缥缈着，烟一样飘飘而下

湖光润柔滑，似姣容丰腴的少妇

隆起岛屿，鱼潜游周身

山倾泻一头瀑布

随着日光缩短拉长

镜面的低吟浅唱；抑或突如其来的愠怒

却无私地敞胸袒怀，喂予丰乳

舟楫抚摸，波光迷离且心旌摇荡

夜来寒的消瘦

鸟闯入滩涂的惊乍

湖水涨满春潮的落日

极像女子沐浴过后

隐秘处静美的意乱神迷

有着欢愉与新生

转弯的火车

我看见，火车的更新与替代

驰入时光隧道

按照各节的载体承接

听从火车头

秉持着抱团取暖，一荣俱荣

围绕精准布局的轨道

各节紧密协调

意气风发地铆足劲儿

一往无前地穿云破雾，翻山越岭

田野、山谷中轰鸣

沿途抵达车站

包容最大限度的偏差

直行，转弯时的自我修正

像龙一样——

星星闪现的天空

深邃蔚蓝的夏夜，天幕密密麻麻
妈妈怀里数着数着，也就忘了

有些日子，下着雨，飘着雪
阴雨绵绵，乌冻不开阳
我仍然看见

渐渐地，我爬上屋的顶层
登上山顶，贴靠河的镜面——
追近星星，掬起铜镜辉映的芒光

天空蔚蓝而高远，从身边，从世间的千事万物
寻找与发现，待我追溯

有了天空，便有了视觉暂留，记载的空间
摘下些，又嵌进些

车　站

从周一到周五，都将途经实小
少年穿过南门的林荫道
端坐楼宇，排列绿茸茸的操场
逢遇放学，家人似潮水般涌来——
四十年前
也曾赶上实小的班次
校舍低矮逼仄，操场泥泞凹凸
街道狭长且很少拥堵
每日独自或与同伴经风历浪
鸟儿般穿行校园北侧竹林间的麻石路
总见千百只欢快的云雀密集
继而子女纷至沓来
每次途经
热浪涌上天空

旷　野

季节已过。旷野空阔亦深远
稻茬滋长新绿

秋阳淌过。鸟像拾荒者
田鼠毫无顾虑，牛不知风情——
闷雷将难熬的空与虚填满

江南小镇，霜冻花迫近
旷野渐次攒足底气，燃起绿烟

张老汉土里刨食，春种秋收
似瓢虫爬行田间
草锄和油菜的拥吻，浓了颜色
惊扰旷野清梦

神女峰

一座峰，把一天的美景交付白昼
月突破雾霭，似汉白玉的神像
那一晚，兔伺机脱出
顺着对峙的山坡，茂密葱茏的草丛
探视深不可测的山涧
一泓清泉将造物神淹没

抚摸过龙虎山的器官，陶醉阴性之美
顺着山间漂流，一次次
领略她的神秘与博大
穿越笋立、幽深的溶洞
羁绊山峦，夜的风吹草动

放得下所有的风景，搁下万般事
绕不过神女峰迷嶂雾绕的暗流

山　谷

阴岚时

我就渐入你的佳境

穿过迷蒙的云纱

谷中充满霭濡的芳香

景物沐浴更为葱茏蓬勃

彩虹嵌入你的芳容

让所有时光漫过谷底

阴岚无数次涨落。唯有

鸟的回音：仍然

那么地真

那么地切

飞过千山万壑

满目尽是你的风景

林子里的鸟

就这样，随着环境、气候
鸽子、斑鸠、黄莺、银燕、八哥——
飞入壁立、错落有致的林子
外出觅食，各自相安，少见滋事
曾也欢闹的庄园
玛瑙、橘橙、梨子——
依然压低树枝张望
鸟们少见光顾
热衷谈论粮食与果蔬
林间挤压的气流里扑腾
各安天命

小城烟雨

烟雨三月的小城

湖像哺乳期的少妇，衣襟遮掩

风忍不住，时而坦露着眩晕

大堤把湖光山色摁嵌

小城像高低起伏，绵延不断的曲子

在艺术家的表演下

耸立的高层建筑云卷云舒

低矮的云淡风轻，层峦叠嶂

筋脉突张，显现肌肉强壮

间或拼插些现代元素

都将沉陷绿的海洋

间或爆发一树艳红的瀑布

黄昏的火树银花，绰约迷蒙

郊外金黄的浪将小城打湿

一切都那么祥和瑞霭，安之若素

打桩机的点击，鸟的欢唱

校区里琅琅的书声——

将小城流淌的血液推波助澜

平缓地带，一切都将展开

我承认，偏爱平地多于山川河流
淡定多于冒险，宁静多于偾张
并非我的薄凉、区分
正如跌宕起伏、峰回路转的歌曲
缓慢部分的平稳与休憩

本性仁山乐水，崇尚自然
现代元素的填充
让我惊讶，喷出言辞的尖利和刻薄

避让激烈与喧嚣，擅长沉默
刨出过敏的神经元
突如其来的惊恐，刺激
柔软的内核，大出血的威胁

在世间，随处可以虚拟
一座城市，构想假山庭园
安插花草树木，百鸟朝凤——
看长河落日，雄关漫道

行走千程万里

平缓地带，一切事物都在铺展

河流里的炊烟

炊烟混合着雨

流入村前的池塘

前进 3 公里，与河流汇聚

顺流 8 公里，容纳沿途的港汊

由经团子口大坝闸门

注入鄱阳湖

与赣江、修河、信江、抚河、饶河糅合

途经湖口的长江入口

滚滚东流，辐射全国

每突破经纬一度

渔村的痉挛越发强烈

沿着陡峭的山谷努力攀爬

倦鸟知返

渔村像磁铁的同极迫近

印　山

以蘑菇状的姿势，立于湖中
制造出惊讶与突兀
穹顶的绿浪似飞鸟展翅，柔韧且顽强
仿佛穿越时空的绝唱、回叹

简洁、明快的笔墨勾勒
湖水在拥抱，看山非山
宛如天空下的遗物
千年，甚至千万年
孑遗于世，表情坚硬而沉默

羽毛不断淘换，又在复生
嶙峋是水亲吻的一种方式
内部坚硬和自身完善
是抵御洪流的另一种方式

躯体风化，随即的崩塌与脱落
制造它的不屈不挠
在于不断与自身告别

又与一部分相遇
时间叩击下的井然有序
完臻肤体的俊美

月光下的湖色岛影

一切都在张望，都在呼吸
水漫过湖滩

青萍随浪远去，湖涨满着，光洁且滑腻
风姿婉约，草的气息更加浓烈

鹤交颈厮磨。乍起的风浪摇撼着草
湖喘息着，湖水在攀爬
月光下倒映的岛标注着记录

贝壳在翕合，鹤露出本性
月明湖静。没有过多的太息

潮涨潮落，每次的深入
葱茏茂密之处，鸟破壳而出

拥抱一条河流

说不出。一条蜿蜒漫长的石路
雾涨满着天空

古铜将夜衔接。一只倒伏草滩的酒杯
倾泻瀑布，绯红与迷惘
剥离河面的薄雾，晶莹且透彻

芦苇在轻轻招摇，游鱼溯流而上
鱼口迎合，芦苇荡起起伏伏
浪一波接一波，撼动河床
遗落草籽。白云处涂抹玫瑰红
都将根植温存的场景，唤醒雄性

河流缩短又拉长
多少年过去。告别雨季
极目之处都是河流的芒光
蜿蜒且醒豁

山　河

地火涌动，一次漫长的远行
沉淀着不灭的游魂
山安放着堆堆尘土，生者凭吊
远去的刀光剑影，雄风支撑着信念

做一棵树一株草一朵花
把一座山一条河守护
水更加澄净，山更为葱茏
喷涌岩浆，将山河造型
富有棱角与光泽，博大且精深

白鹭小学

又该有些时日
白鹭还立于林间的枝头
潜入湖的深处
移步浩瀚的烟海
每日振翅
练就单腿立定
乾坤大挪移
勾勒幅员辽阔的场景
着色、添彩——
一行，又一行
飞入青云
抵达更加辽阔辽远的海
秋后，总见白鹭
逡巡林间

每一块泥土，有着母亲的名字

我是您体内的一块泥土，看上去
像隐秘于日月星辰的疤痕
对母亲来说，没有卑微，没有丑陋
化为尘埃，褪不去根植的色素

把千万块泥土搬运垒实
造就成河，垒筑一座长城
祖先千万年的挤压与耕作
泥浆移植各自的骨骼
左一镢，右一锹地挖掘
用各自的火种点燃
余烬混合着河水抒写——母亲

母亲，我们是您肌体上的每一块泥土

母亲，我们是您肌体上的每一块泥土
时刻感知着您的温度，有着难忘的记忆
只要撒播种子，无论贫瘠沙化
都将燃起一片绿洲，长成五谷
裹着坚壳，却毫无杂色

五千年逶迤于云和月
每一块泥土捧出体内那团火
把母亲焙成红红火火，温温暖暖

或许碾作尘埃，也要翱翔
停顿，定会泊在母亲的河床
无论多久，都有您的元素

把千万块泥土凝结
筑成一条长城，造就一座山
葱绿的林间开着格桑花
花草树木拼成温暖的名字——母亲

给一座山一条河一个村庄命名

一座山，很少有鸟飞抵顶峰
一条河水，也有人能喝上
一个村庄的血脉，异族人往往难以渗入——

在朝鲜，一座山一条河一个村庄
以一个龙的传人命名
他的血，溶入一条河水
他的身躯，化身一座山峰
他的灵魂，化作村庄的炊烟

罗盛教，林中的一棵
有乡愁，也有儿女情长
活成异域风景，并不孤独、寂寞
青山做证，鸭绿江水为琴

在朝鲜，罗盛教似漫山遍野的金达莱
似山，如水，化作村庄的炊烟

长津湖开一种花

朝鲜的长津湖

曾经的战地

没有枪炮的轰鸣，激烈的呐喊

缘于一役

惊天地　泣鬼神

冰雕蝶化漫山的金达莱

每一阵风吹过

都将展开翅膀

树林知道

有着

炽热渴望

相信未来
——写于六一儿童节

"金谷园"摇篮，花朵拼列"长征号"火车

驶过田野，横跨长河、丛林

没有枪林弹雨呼啸

桥头堡的十三根铁索，锁不住童心

红星闪闪，折射草地一些细节

灼灼梦境，雪山衔华佩实地再现纤毫

"天高云淡，不到长城非好汉"

火炬似黑夜里的光柱

洞照未来。每次从隧道出现

雾翻腾着，空气抖动

直行，转弯——

沿途车站挥动千万双手

2022 年的儿童节

从幼儿园拍到的一组照片

深入浅出，纵横捭阖

"长征号"从身边扑面而过

连载未来的《梦溪笔谈》

驶向"梦溪园"

96 只桶

来自繁华的都市，96 只桶
根植于一棵大树，把梦排列一座城

历经干干湿湿，春夏秋冬
草地没了，沼泽消失了
红土地活出一片茂密葱茏的绿
湖畔飘落大雁、天鹅、白鹭——

96 只桶构建的时代列车
承载绿色的羽翼
贯通鄱阳湖、长江
沿着球体的经纬

井依然是井，桶依旧是桶
红树林勃发生机

在马影湖

静谧祥和的马影湖，绿草在轻摇
食物丰沛。湖水飘落一片瑞雪，绕牛三匝

马影湖，鸟也曾惊恐于天网、毒杀——
天地间荒凉一片

马影湖绿草如茵，暖风在拂送
鸟浸润蓼子花的烟海
舒张着一支轻曼飘扬的舞曲
强大的阵势将湖滩包围

潮润、温和与空明的气场
一只幼雁飘落肩头
极像相拥而泣的亲人

窑　变

千年窑火，足以让我想象
以瓷都命名。排列的峰浪
漫过我微不足道的天空
卷起千堆雪
把自己交付一条河流
世间的一切或隐或现
就像飞越千年的青瓷
持有一种温度
鱼翔浅底，万鸟腾飞
以葳葳蕤蕤的阵势蔓延
剔透出晶莹光芒
微澜荡魂摄魄
以一种禅意落入长河
韵味悠长

废墟上的美学

毁弃的废墟，冷眼荒凉

风穿过乱石的不忍

呜咽、沉吟

无言以对

唯有野生的芦麻

以一种葳葳蕤蕤的阵势

蔓延锦缎，点缀些不知名的植物

阳光斑驳，花枝轻摇

倾吐绿色的言语

鸟雀在恣意

蝴蝶回过头来顾盼

我担心，风泄露它的隐秘

却惊讶，也有一双红红的

让我爱怜的眼睛

脏兮兮的

瘸着腿

愿意出没

曾也欢闹的地方

成为相依为命的亲人

第二辑　做一条好牛

喊　月

就这样，置身其中
上半月交给思念，下半月付与别愁
流浪风光旖旎的岛屿
夜梦深陷其中，语无伦次
试想砍断梭罗树
怀抱白兔的天真烂漫
唯有欢笑中买醉
将月涂鸦道道光晕
失意时一塌糊涂的醉醺
兜出极深处疤痕
听见母亲喊月
十二声亲昵，就像"十二道金牌"
山一样，迫我注入千姿万状回忆的容具
幡然醒悟，惊慌且失乱
乘一艘飞船

糖 衣

冬天，珍惜粮食的父亲很是特别
母亲将皮糙肉厚、质地细腻的
麦粒，井水洗清、萌芽
历经石臼捣碎，掺入米饭
发酵，装填草袋加压
烈焰蒸发和提纯
摔打、揉搓，再经定型
置放特定的高度
让我努力攀爬，取出、舔食——
月久年深，甜根植我的深谷
拔开塞子，直入天空的疼与痛
影响我将海拔不断提升
许多年过去，父母先后化为松柏
年少吞食糖衣单纯与快乐的甜
就像母亲初次撕裂包裹糖衣之后的蜜
在我冲上热搜疲惫的一生中
还嫌不够

茶　道

我知道：喝过的茶足够燃起绿烟

游走体内，活成一株茶树

子宫的孕育与分娩。更改不了嫩红娇绿

风中扑展翅膀，燃起岫玉烟云

减去幼稚、天真

然后褪脱童心、快乐

杀青除去无知、狂妄、幻想

烘干虚荣的水分

无数次揉搓，铸就一种神韵

中年的坦然与醒悟，独善其身

生如夏花，死如秋叶

夕阳渐入茶水

水的注入的简单淡出，清静且透明

茶仍然是茶

了无色泽地沉淀容器

淡恬以对

茶与水

母亲把茶融入水
味色纯正
父亲每次渐入佳境

无数次添补
味道清淡

母亲添入新茶
添加活性酶
再将茶制作花样
父亲都在品呷

父母将一生融入茶与水
云舒云卷，浓了烟雾的神韵
回落茶树

做一条好牛

四月，父亲将我安上笼头
学他多打粮食，我剑走偏锋
蔬菜、油茶、药材——
杂生着牛筋草、马鞭条、荆棘——
父亲清剿划破的疼
让珍惜棉花的父亲，最后选择做一株苍松
他的歇息，迫我就范
向阳的坡地，像植物钟
学会向土地索要绿色的食物
贸然领着他的三条牛犊
闯进笋立的林中
撂荒的土地滋长蔓延
修竹茂密的占据
向父亲承诺
笋一样入味，竹一般鲜活
制作一部闹剧，此外
热搜不到更贴切的溢美之词

一棵挂果的树

我惊喜一棵树的存在

少有辙痕，瀑布茂密热烈

勾留只只飞鸟

果子的黄与青

暗示彼此亲近与健康

黄柚显眼、硕大

果肉多汁殷实，味觉甘淡

也曾填充馋涎的饥荒

今时果品替代

唯有满面阳光，飘然洒脱

默然点头微笑

中秋时节，我与它的长久对视

等待深谷喷发的言辞

毫不犹豫步入深巷

黄柚陆续逢迎着风雨

满树青柚的不忍

流　水

母亲像始初的流水

一路冲刷，注满深潭

寂静地沉淀，托起全家向前奔流

家常便饭似流水

她尝试着菜饭的香气

先盛给奶奶、父亲

其次姊姊妹妹

多少年过去

流水融入河流

母亲活成一潭秋水

消瘦肤与发

等候雨季

枣　树

像倒立的人，伸向天空

倾泻一头瀑布

开一树紫色的花

深秋时节，低垂着头

却孑立寂寞的寒冬

有如吞食红枣、花生的双亲

相互默认，叠合成枣树

支撑着抵御风雨

沐浴日月光华

怀持着绿树成荫

深秋时节把枝叶压低

等候漂泊异地的鸟

走时亦如此

墓碑是解说词

父亲与木桶

父亲用了一辈子，打造木桶
无可挑剔，唯有默契以对

每日注满水缸
家人不觉得
父亲每天担盛着粪，用手清洗
眼里唯有绿荫

闲置、遗弃已久的桶
似父亲永远定格某一刻的嘴
盛着虚妄与现实的残酷
勤俭与质朴，都将随他而去
碎片如影随形，长成一棵树

生命像树的某一部分告别
以不同的方式呈现
在时间的追击下
又与另一部分的自己相遇
深入浅出地展示

父　亲

夕阳把一座雪峰投入河中

极目之处，都是父亲的背影

立于眼前，细节那么真实与确切

略去行程，经过减法和浓缩

突兀金碧辉煌的佛像

我双手合一

虔诚定格某一时刻

更深人静

慈眉善目的佛朝我走来

我张开双臂

佛光将我包围的

同时，我拥有了佛

棋　局

生下来，父亲设定棋局
期望帅仕象，抑或车马炮

难免落伍兵卒
试着越过楚河汉界
跨出象的困局
闯过车马炮的堵截

朝一束光迫近
仕随时将我捅倒
只要投入，视网膜都将暂留
慰藉的理由

父亲的诗

父亲的诗种在土地
长在匆忙的路上
砚池盛满酸甜苦辣
笔蘸着柴米油盐酱油醋

炊烟是飘游的诗魂
星星是美妙的诗眼
锅碗瓢盆旋出美妙的韵律
抑扬顿挫，九曲回肠
抒发着风雨剑霜，喜怒哀乐

父亲的诗丁是丁，卯是卯
简单实在，没有粗枝滥叶
每一页蕴含家国情怀，瓜藤绵延

父亲是乡间最为朴素的诗神
读懂眼神，一生饱肚受用

背

你驮我
我背你

你驮我时
似梧桐树上的凤凰

我背你时
像秋风随时卷走的叶

行走千程万里
围坐火炉

父亲努力变作牛
满目都是皱褶的驼峰

瞒

每次问候，母亲

语调平稳，吐字清晰

像海里顺风顺浪的航空母舰

简单得让我忙于工作

她最近像个孩子

捣弄手机

反反复复劝我

直至家人来电时

无地自容

起了个清早

夜 色

父亲预备了足够的柴火

母亲洗刷灶具，淘米下锅

引燃，不断添加

火龙舔着灶膛，温度渐次升高

烟火在夜色中弥漫

母亲不时翻动

滋润的米饭喘息着。温软如玉

香气溢出顶盖，混合着屋里的烟火味

母亲把液汁逼出

父亲将火候渐次减退

余烬一次次将柴火引燃

相依为命的日子

父母都将融入煮饭

泛起夕夕烟火

母亲的眼神

父亲说：
"你娘走时
直直地盯着门外
似枯竭的油灯
爆出
一刹那的不甘"

从影视剧中猜摹
从逝者时的眼神猎获——

四十年了
我一直在努力

博格达峰

谁人如我，似水的日子

刨出少年时，母亲怀着姊妹时的体态

阳光下曝晒的乳峰

像黄蜂般非难与纠缠

多少年过去

穿透时光岩层

亲历林间的母爱

在蜂飞蝶舞的日子里

母亲宛如一片洁净的云彩

我本想托住的那一刻

凸显一座博格达峰

心生赴死之心

转念，像个佛前的忏悔者

许诺重誓

像一道闪电

仔燕掉落猫爪
鸟亲像一道闪电

牛蹬着四蹄
车缓慢地往坡上挪移
鞭子像一道闪电

母亲走后半年
父亲的天空夹杂着雪
微驼的身影
天空闪过一道闪电——

雨后清新旷远的天空
闪现无数道电光
潸然而泪下

碗

母亲的瓷碗

硕大墩实

磨去了边沿

满满盛着五谷杂粮

饥饿时

将我喂饱

剩余的打包

让我

一生无忧

情感银行

打一出生，抵押自己

无限期的信贷、透支

似喜马拉雅山般攀升

做个愚公，一生移山筑峰

构想轩昂气派的屋宇

植入花草树木，添设奇石怪松

制造云海日出的雾凇

雪峰在暖阳中流入河床

田地种上庄稼，多打粮食

峰峦间建造民宿，燃起烟火

告诉所有的亲们，旅行的陌生人

抵足夜谈

在乡村，灶神最为质朴

乡下的父亲，择日请来灶神

打造灶台，燃起柴火

煮饭弄菜，炖煮猪食

房屋田间飘落炊烟的神韵

过得艰难、困顿

供奉着剩饭残羹

她从不嫌贫爱富，心生异念

日日燃起心中的绿

塑造成不变金神

年关最为欢快、露脸

推出拿手好戏

在乡下，灶神最为质朴

无处不在

手 表

七十年代

不识字的母亲

将祖传仅剩的银元

兑换

村里率先拥有的机械手表

无关乎它的精准

白天

父亲高大了许多

夜晚

枕边谛听

奶奶很是心疼

我觉得

母亲唯一的露脸

直至现在

胡　杨

对我而言，胡杨是父亲心头的肉
给了名字，日日稔熟地应答
我行我素地渐行渐远
绿化一片沙漠，种下小胡杨
远处的我，结识了芨芨草、沙棘、肉苁蓉——
便是活存了几百年的村名
像一抹鲜活的绿，持盈守成
占据所有空间
日久天长撕裂着我的疼与痛
烟雨时节，制造一种错觉
抵抗绿洲的诱发，沙化的不忍
自成风景
回声落入长河

第三辑　鸟飞过天空

一切都将在河流呈现

以玉带的姿容，孑遗于世
表情坚韧且冷峻
仿佛承载天空下的遗物
水的剥离与复生
翔实它的厚重

河流的水光潋滟，斑斓多姿
是光抵达的一种方式
内部的隐忍，和自我撕裂的
等待，每一次的摧枯拉朽
是抵达源远流长的另一种方式

河流混浊与清澈，奔腾与咆哮
造就它的深邃与哀婉
打湿河里蜿蜒蠕动的一切景物
都将承受阳光的抚摸
在时间的追击下
循序渐进，张弛有度地熨平深处的皱襞

夜静更深，也会轻轻放回到最初

环抱的塘湖汪村、塘湖黄村——
阳光轻轻托起
塘湖河舒展霓裳
塘湖山泼墨挥洒
塘湖垅稻花飘香——
蛙声将最初的井水混合
绕着这片林子
流经鄱阳湖，注入长江——
鸟飞出多远多久再高
每回触动着琴弦的颤动与飞旋
就像雁群回归
夜静更深
也会轻轻放回到最初

独　处

独处湖堤，天边开到极致
此刻，湖滩尚存，人还在
草挣扎着，等候晚归的牛。蝶变重生

潮裹挟涌动
消失路的转弯处

暮色尚未暗合
山渐趋浓重
湖水仍然微笑

世间物事的轻重与薄厚
浪花一波又一波
季节的推移
都将隐没

一切都将在夜色沉睡和行走
黎明醒悟之后挣扎
河里沉寂的碎片
有的卷起

这里曾经发生的事情

有些日子，鸟飞过我的天空

风从山口顺势而下

穿过树林，回应拾级而上的辙痕

凉亭壁立崖首的振振欲翅

带来"野老泉"的微澜

卷走我曾经的疑惑

一位老者将它挽留了千年

打扰的不忍，泉水的通彻心脾

面对崖壁上的千年之花

余晖中的静美与翔实

世人叹为观止地肃然以对

唯有鞠躬

夜色中的牧场

就这样，天边涂满铜色
置身林间，短暂休憩之后
喧闹将寂寞撕破
一切都在进行
鱼翔浅底，夜莺呢喃
劲松更为挺拔
湖尽情袒露，散吐白天的温情
乱云飞渡，更为容光焕发
暴风瞬间掀起，一浪高过一浪
似东方百慕大吞没一切之后
乌鹊南飞，月白风清
唯有狗的恣肆
猫脱离主人的尖叫
牛的反复回嚼——
将夜拉短又拉长

永恒的吻

从新冠病毒肆虐江城

你逆着寒流，融入雪中

都道大禹治水

多少个日夜，咫尺前的窗户

多少眼神担心、企盼

却将爱给了素昧的重症者

所有人过上阖家团圆的中国红

你把年过成天使白

家人送来年夜的饺子

你无奈地隔空张开双臂，继而

挥出飞吻

这一刻，永恒

比 对

村里，大哑有高的、矮的，胖的、瘦的
细哑有数的、看的、冒烟的——

大哑说：活出了滋味
细哑道：你的三只梨，熟了

大儿媳独占着黄梨
鸭梨倒插门户
酥梨市面光鲜，身价高贵

大哑反反复复数着泥捏的梨子
细哑了无情趣地淡出

敬老院，桃花艳红灼灼
他俩木然，似河里碳化的松木

江　湖

有些言辞，对李老头颇为熨帖

譬如为人正直、忠厚老实——

打理他江湖的游刃有余

秉性执着，不擅长圆滑变动

三十年来的修修补补，敲敲打打

亲临客户场地

家什焊接得滴水不透——

不屑于欺行霸市，暗使九阴龙骨爪

每每落得捉襟见肘，家人埋怨

惶惑。江湖几迁异地

像沉浮暗流的松木

子女异地漂泊

沉疴的女人撒手恨别

世事飘忽，器物更新换代

他似海明威笔下的老人

痴守江湖

卖莲蓬的女孩

街道漫过热浪，芙蓉立于蘑菇之下
把一天交付夏日的白昼
街道不断添加着柴火
火龙翻腾，瞬间吸走地面的水
狗拉长舌叶，极不情愿守着肉案
一切在静默中等待
太阳当顶，我现身山一样的莲蓬
将要发生的事让她惊喜
一切依然。炉火一天天将她烘烤
浓了初始的光泽
上学的日子，芙蓉最为艳丽
许多年过去，还是夏天
还是这条改建、亮化的街道
偶然回眸
荷花飘然而去

祈 求

鼋将军，真正苦命的龟啊
不必镇坐庙宇，无关乎奉为神物
让神对树林说
给你自由　水域是你的领地
竟自淡然。只要同胞
不被网逮住
不被放置八卦炉
不被涂抹色彩出售
不受尘世烟火的戏谑——
无所谓世人虔诚祈求
无所谓庙宇镇守千万年
我照例保佑
拿命赴向灾难之地

吞金术

他跪立银行前的人行道
神情茫然。客户绕道出入
仿佛遗弃路旁的垃圾
见人围观，黑洞泛现芒光
毫不迟疑咽下半碗金沙
让我确信生存的快乐
他清理喉头发出的闷响
想到工作时的庄重和干练
仿佛搓碎石子坚硬、冷漠的内核
博取众人的眼球
他依附着滚滚红尘
那么灰暗，渺茫
极像稻田杂生的一株稗草

林子大了，什么猫都有

气候暖了。林子里的物产难以持平

滋生着诸多鲜艳的菌菇

衍生许多"金鼠"

林子大了，什么猫都有

睁眼闭眼的，打科插诨的

淡泊明志的，作奸犯科的——

猫觑视着。日久天长滋生着贪念

下几场春雨，高悬明镜

撒下鹰，布置神器

食物储备丰富多样，殷实有余

林子将会空气清新

万物皆有灵

环卫工人

启明星时，你就在空旷清静的街道
历经春夏秋冬，风霜雨雪
从东到西，挥动着巨笔
灯光把你的身影拉长又缩短
沾湿的雾跟随着星光，越发浓重
日出时的潮水淌过街道
你竟像星辰一样隐退的
同时，出现天空

理智之年

梦里磨牙，似乎道出些什么
此时，你是世上最大的王
也是世间最美的情郎
无关乎掩耳盗铃的窘态
无关乎泄露天机
无关乎潮水将你淹没
白昼的口是心非，锋芒逼迫
似黄蜂瞬间刺破护心镜
碎裂深入肉体的痛，每日俱增的
卑劣与渺小。更深夜静，可以高过天空——
可以穿过整个中国
与虚拟的她井喷

酒　神

何必寻找所谓传说的酒神
我本来就是酒做的容器
被诸多液体所浸
妖艳如火，不凋不败
我相信我自己
让无数的刀采割空阔的魂灵
生如一株曼陀罗
每日承受心跳的负荷
呼吸的困扰
姿态似烟，置身
林深月明，水暖花开的仙境
死成合而为一的窖泥
在乎些什么？

老泥瓦匠

瓦屋视他一生的见证

师成独自盖建

面对现代化的水泥建筑

收集遗弃的瓦片

风雨逐年侵蚀着椽梁

每回翻新

极像村里的老中医

延承着望闻听切

被毫无情感的仪器替代

啜饮苦涩

带走悬壶济世的江湖秘籍

画　画

少年画画
添加诸多色彩

懂事时，捕捉蝴蝶
似夜空的流星

青年时，画展翅的雄鹰
画松竹梅，摹仿《八骏图》——
画火烈鸟飞向太阳
画幽谷攀爬悬崖的勇士——

中年画柔软伸缩的蚯蚓
添些钢筋骨架

后来，画些牛羊，花草鸟虫
刻画着竹子

一路奔来
"枯藤老树昏鸦

小桥流水人家”

像一条伏骥的老马——

秘境灯笼小吃

柔和的灯笼潮水
穿行曲径通幽的秘境

不知体内还残存"臭豆腐"的臭味
不知"云南竹筒鸡"还会生蛋
不知吞没的"热狗"还尚存气息
不知穿肠的牛羊还知疼痛
不知煎熬的公主是否穿着喜爱的裙服——

知道薛仁贵食下九牛二虎
知道青蛙、飞鸟喜食昆虫
知道奶奶为我误食蚂蟥呼天喊地——

潮水的肆无忌惮
蛇、蜈蚣、黄蜂、蚂蟥、昆虫——
似西毒"欧阳锋"

偶　然

你把你的心影

偶然投影在我的波心——

似雪天的炉火

酷暑的一树凉荫

眼前的一切

便有了愉悦的心境

你却像冬天的雁一样——

不必讶异

也无须欢疚

你我结识在同一条路上——

记怀你也好

最好忘掉

都将同星星辉映

互放光亮

漂泊，也是一种幸福

像一只蝴蝶，崇尚于山水之间
流连花草树木
不间歇地飞呀，飞呀

天地间的花海在怒放
不奢求每一朵停泊
乐此不疲地寻呀，寻呀

像蝴蝶热衷于追求自由
缘何落入你的掌心？
不停歇地扑呀，扑呀

我与你相遇不易
不渴望每日春风轻拂
只为花间舞蹈

也许有一万个理由
你不必惊讶与厌倦
漂泊，也是一种幸福

093

踌 躇

道是辽阔的海的远去的舟
道是夏夜的幽鸣的知了
花海独爱的惊羡的一朵
我却不敢言出她的名字

我却不敢言出她的名字
花海独爱的惊羡的一朵
道是夏夜的幽鸣的知了
道是辽阔的海的远去的舟

流　星

见与不见，想与不想
你说你是只蝴蝶
停落我的天空
深冬黑夜，雨雪霏霏
我用我的"天眼"
寻梦，愿是一只火鸟
载着满天的星辉
飞抵斑斓、迷离的蝴蝶泉
惊现。翩跹着婀娜绰约的艳影
荡漾我的心湖
让我在芦笙声中放歌
只为榆荫下的深潭
太息更深的夜
只为今晚的鹊桥
你却似流星雨
揉碎满湖柔波
夏虫也为之惋叹
见与不见，想与不想
你都在我天空
似流星划过

浪漫海岸

高炉把父亲凌厉、粗糙的矿石熔化
接合樱桃似的容器
热浪漫过沙滩，更为妩媚
父亲将犁头淬火，躬身成犁
每次进入田里深耕细作，都将播下
秋后收割的喜悦

比翼的黄蝴蝶、白蝴蝶
勾勒着天地
赓续山与海的故事
白云在飘扬

梦里，我把皮囊造船

梦里，把我的皮囊造船
骨骼作船架，肉为船身
划动四肢，搭载些工具
航行辽阔的海面
海鸥贴着船，银燕穿过暴风雨
波颠浪簸，漂浮陌生的小岛
树林、淡水、飞鸟——
怜爱的动物光顾
搭建一间小屋，种上粮食蔬菜
和意中人生一群唤爹喊娘的娃
风平浪静时捕鱼，闲来仰卧沙滩
听听潮信，看看落日沉海的静美
倾诉。无关乎泄露
接送亲友，听些奇闻逸事
给漂泊者备足食物
触及妻子柔滑的瀑布
陷入无端的空落
皮囊像一艘漂泊烟海的船
心生灯火

天与地

天地那么小
小到花朵
一场雨
让他们相遇
又是那么大
灯火处
相近咫尺
雾非雾，花非花
似朵浮云

城市里的工蚁

他逃离了熟透的泥土
像工蚁般蜗居城里的工棚
工作单调且辛劳
营造着冰凉的毫无言语的
积木，难以将他纳入
刀游遍身体的残痕，明显且清晰
却似蚕一样
将疲软的棉花打包
终有一日
熟识且陌生的泥土像衣服添加
温暖将他包围

湖　堤

冬季已过，而你

依然裹在泥土之中

悄无声息。瓷质得温润玉洁

春雨里萌生情愫，挣脱紧裹的衣

暗自冒出水面

伞一般地

伞一般地张开

在酷晴的夏日

炫出一生的最美

失身于蜻蜓

载一船星辉

漫溯青荇深处

霜降时节

收缩湖水般的太息

敛藏往日的情怨

梅花绽放之后

汛期将至

潮

连日来，她少有晴天

怨怼的雨水

冲击河堤

二十年啦

她日日的念想

超市平日持之有度

纪念日迫近

风一样山谷中攀升

嘴张着

人面阴晴不定

堆耸千层浪

像竹筒内的老鼠

高空坠落

龙抬头

似头闷牛，每隔半月
像晴空中的白马
理发店浓烈的香水味
理发师独特的体香
轻搓揉洗的快慰
修剪时的颦笑与回眸
他像个听话的孩子
"老人"溜得很快
多少回啦？
二月二
理发师拽捻他的短髭
颔笑说：龙抬头
更深的夜
潭水在荡漾——

晴雨表

和珅的两颗泪珠
一滴：暖了乾隆
一滴：落入嘉庆

黄　昏

镜面的光在暗淡
朵朵白帆渐次大而清晰

山把姿容交付
叶在水面流浪

鸟静立枝间梳埋绒毛
晚归的行人匆匆——

千年难遇的蓼子花海
对对天鹅隐没

独坐湖边
瞅着秋水的痕纹
无言地喟叹

燃烧的月色

今晚，一个挨着一个
一片重叠一片

李白醉卧床前
东坡忘却了时光
春江月夜的美景
摇摇晃晃，醉倒嫦娥的裙袂

把家国情怀装进酒壶，一饮而尽
牵扯着骚客的衣袂
恣意添加些元素

追赶了一程又一程
杨柳岸，晓风残月

今晚都是你的影子
黎明时寻找一个美丽的理由
加以修饰

味　道

饭前

他抚摸着钥匙环上的弹壳

放在鼻前

浓烈的烟火味

锃光瓦亮

就像远去的战友

三十年后的老兵聚会

如此这般

况　味

少年时
面黄肌瘦，长有蛔虫
母亲给我花塔饼
我什么也不懂，却很快乐

读书时
亲们盼我做一条蛔虫
我读懂大人的眼神
多想花塔饼

青年时
涉入江湖，迈进圣殿
我努力扮演一条蛔虫

后来，再后来
两眼昏花，步履蹒跚
我什么都知道，什么都不想说
我是亲们的蛔虫

一切事情悄然发生

就这样。瓷质的青蛙端坐条案

硕大且姿容亮丽

每日接受着主人的揩拭

简单快乐。无须唱赞美歌

无须别人薄凉与安慰

无须承欢、谄媚和劳碌

无关乎冬天

无关乎蛇迫近

喜庆的场合一跃出镜

公主般斜睨世间发生的一切

却不忍同胞被宰杀，盘坐碗碟

暗自流泪

趁着乌云来临

纵身一跳

一　生

赶制嫁装，营造一栋木屋

把欢快的喜气凝结，枝叶间轻摇

阳光中逸出温情的辉光

将炊烟注入符号，酸酸甜甜

匍匐在枝枝叶叶

舒张成伞，盈满且丰腴

努力把日子过好

鸟不再流浪，蝉在轰鸣

一起将阳光攥紧，把月挽留

撑起一树的天空

刀镂刻着，嶙峋且苦涩

日子拉短又拉长

鸟飞走与重逢

漾起阳光

"一"的担当

对"一"来说，有着太多的故事与感慨
可以忽视，不可不正视
"一"的尝试，可入云霄，也可折翅

天地间的一棵草，一株树
各自的活法和姿容
一滴水一条河都将现出芒光

竹剖削成扁担
心向蓝天，担重负量
抵达千里万程
折断后焚燃成灰
都将怀持不灭的气节

"一"立于世，淡出青黄与苦涩
像个男子汉

山海之吻

女娲从不周山滚下石磨
潮水漫过沙滩，拥吻着山
妩媚。为之动容亦雄壮

石磨每回重合，潮涨潮落
山更为葱茏，海吞食山体的微生物

水草在珊瑚间招摇，鸟在海面逡巡
山与海的每一次亲密旅行
都将浸润且啮合

宰杀场，面对一头牛

在大自然，在非洲丛林
面对猛兽的攻击，野牛挣扎着——

我的老家，牛视若神物
低头啃草，忠厚温驯
农耕时节不吝力惜气
也不与人争长道短
牛死去，人何等惋惜与悲恸

宰杀场，面对一头牛的哀嚎
注水者像一根木头
比猛兽"文明"的猴子
佛前自导自演

思想者

气流滑过鸟的翅膀
自由元素的张合与呈现
雪划过天空
寥落无痕
靠近。林间苍白、空虚亦无力
鸟脱飞指间
一地零乱的羽毛
风中飞扬
遗落山谷。等待它的归处
无数次
回音像吹奏的芦笛
无关长短

点 头

蝴蝶点头
花含羞答答
蜜蜂点头
花粉孕育
稻子点头
只为成熟
草木点头
光在风中穿行——

每日点头
只为发生的与将要发生的
或——
一生累绁

我羡慕：
稻
草
人

电影院

像河里行走的船
顺风顺浪，历经辉煌和衰落
承载过我的光华与苦涩
七十年已过
沉没河里
我们驾驭新舰
从河水中将它打捞
陈列深谷
多少年过去
我像耐心细致的讲解员
钥匙锃光瓦亮

夜的自由元素

星星，月亮，萤火虫——

落入杯中

在沸腾中沉淀、清静中翻腾

色素在温情中绽放

聚光虫扑向玻璃

无休止地折腾

释放自由的翅翼

迫近。打开光子的通道

蝙蝠在暗处恣意飞舞

血涂抹着唇

找寻些婉转的理由

没有喧扰。秋虫为之哀叹

深邃而又寂寥的夜

尽情释放

纤 夫

江河
川流不息

蚂蚱
拴在一条绳
咏唱千篇一律的悲调

山，挪移时
蛇，伸长
猩红的引芯

蛇没了
蚂蚱蜷身都市
旮旯处
狼追逐着

江河
奔腾不息

在太阳村

无法想象。赣东北的太阳村
暖阳足够搬走每座冰封的山
规束十万匹脱缰的野马

在太阳村，我看见
鸟被拔除深入体内的刺
鱼幸运一场雨
秧苗不再枯蔫
小船停泊港湾——

太阳村，有着人间四月天
徜徉于星星与花海
随处莺歌蝶舞，春风在拂送
日子在一页页簇绿

从此，我告诉每一个冰雪冻僵的孩子
在太阳村，结一份尘缘，春暖花开
将雪推回成天山

叶大师

每次，途经他的作坊
总见
侍奉木头，就像敬奉神佛
眼神竟是
那么专注、庄重
每下一刀的敏慧
日复一日
极像刻着他的肉体
打磨上光的
被人供奉庙堂的雕像
似乎就是他的凡身

起风了

芦苇
俯冲着
似古战场
千军万马的冲锋
零星的璎珞
刺入蓝天

野鸭伫立水边
像思想者
随水飘然远去

芦苇
期待着
残冬之后——

阳光下的自由落体

果园里，桃树、梨树、橘树——
春暖时节落英缤纷
吮咂母汁，花落蒂结
阳光下，橘子、鲜桃、梨子——
褪去青涩的日子，芬芳馥郁
黄皮肤、黑头发、黑眼睛——
红红火火，像光明灿烂的孩子
味蕾溢满着蜜
难脱瓜藤毵绵的蒂结
萦绕着向心力
阳光下自由落体
回归林中

在世间，牛是朴素的神

小时候，我对牛愤泄烦恼和秘密
年纪大了。牛被差遣，被鞭笞
并非世人的过左

最不该将它注水，制作鼓皮
牛气冲天，并非惹不得
狮撕狼咬，献身祭坛
陪斗牛士一条路走完

牛，任劳任怨，低头舔草
乳养儿女，喂饱鞭笞人
却把尘土刨得飞扬

每逢牛年的牛，凸显高大
制作千姿百态的画册
哀和愁、喜乐与闷吼——

就像条案上摆设的牛
不懂得喊疼，也不道冷暖
在世间，牛是最朴素的神

古琴禅音

像端庄典雅，从容淡定的女子
身心不再属于自己
动似狡兔，静如处子
瀑布瞬间从指缝间脱出
风花雪月下窃语
柔情化为一潭泉水
阳光在尽情抚摸，妩媚亦伟大
林间便有了烟雨空蒙，林深月明
音弦冲击的玄空与虚拟
余韵流过莫名的疼
像鸟飞过天空遗落的清脆
勾勒出一曲清风明月
山仍是山，水不是先前的水

唯有伤口淡化

——写给一位跪街乞讨的人

你说：不能把所有的药用到亲人

也无法让病魔安上牵头

数次祈求，遍寻名医

也曾忍受韩信之辱

也曾当街出售膝下黄金

依然枯槁消瘦，奄奄一息

假如能够替换

世界太大，个人好比蚂蚁

撕裂的伤口，涂抹辣椒

任其红肿溃烂，到了时侯

可以是鸡，也可以当犬

任由旁人说东道西

还应说好，数落自己

唯有伤口淡化

做个"愚公"

沐仁浴义，节衣缩食

摆摊设点的人

摆摊设点的人
挤走黑暗，揣着星星
骨子里逼出玄冬的刀子
年头连年尾
添置时令的"蔬菜""瓜果"
面带微笑，口吐莲花
施展出妙手回春的绝技
承受着山的压力
怀揣着山谷攀爬的绿
恭迎他的上帝
打理一亩三分地
活成螳螂
仍嫌不够
还须乞求如来佛祖
他还有他的毛猴

钟　摆

领着众兄弟，默契配合
每迈出一步，都将率先付出

从青年，中年，跨入暮年
信念支撑着倦躯
内心一次次撕裂与重合，化作鹰的重生

舍得，全身心地投入
情感下倾，世间的割舍与替代

横跨长河。被沉寂，被遗忘，抑或打捞
但真实又确切地存在过

穿行记

白天追赶阳光，夜间寄付月亮
穿行林间，脉络分明
一束光的投入
邂逅密林间花丛
掬一朵莲花
留住每一刻清香
每一阵风拂过
都将张开翅膀
饱含一冬热情
等待季节
每每沐阳浴露
感知着花的温存与静美
白天攥紧，黄昏回放
学会穿墙术
"浮乎江湖"

疯子与菩萨

可以叫他疯子，也可唤作菩萨

率性任意，着相素净、齐整

低头吃草，顺从耕地拉车的活计

总爱打坐诵经，偶尔挤进热闹

喷薄些尖酸、迂腐的言论

潮水常将他淹没

仰望蓝天，独爱白练缠绕的山岗

白云在湖草间悠游

乌鸦停落新隆起的土堆嘶哑

孤狼似的狂嗥

但与人谈论文学

爱穿插些白云、天空之类的名字

把您绕进虚无、尴尬的境地

费涩的方言常将他憋闷

似瓷质、彤红的童娃

他生长湖边，赤脚走进湖滩

像海明威笔下的老人

掬起湖水

最大的事情

莫过于斯人如我，似水的日子
镜面历经擦拭
泛起夕夕烟火

地下的蝉
似隐身的禅师
每日诵经打坐，吮吸养分
身心的撕裂与槃涅
化作鹰的重生
死如琥珀，生如夏花

我们看到山河永恒，族人更替
看见花红柳绿，蜂蝶纷飞——
蝉悄无声息，天长日久
逼出体内毒菌
日子，如同轻轻飞舞的蝉羽

最大的事情，以不同的方式存在
潜移默化蜕变

与新的方式邂逅的翻新

活成蝉一样

第四辑　给事物正名

樟　树

——樟树，鲜活的心脏
一直都在辐射
向流经的地方，输送瀑布的意愿
河水滔滔，濯出朝代的特征和符号
来自它的搏动。流淌又汇集
沉浸东道主雄心的自我抒展
水面平静无澜，抑或惊涛骇浪
游走人间的每一处
都将以苦汁入味，注入绿的音符
调动人体机制的起伏
给予盼愿、惊喜与流连
它桀骜不驯，简单又复杂
力量不屑于在表象之下潜伏
根除病灶每一处神经元
一年四季，樟树倾泻一头瀑布

琥 珀

我承认，偏爱松树多于花草虫鱼

多于梅兰竹菊

并非先前文人的煽情

并非我的浅薄与宠幸——

它的旁逸斜出，四季常青

很少能纳入城市景观

踏青郊外的乡村

夜枕涛声，日观松林

有一种阵容叫漫山遍野，郁郁葱葱

只要鸟飞过和聚居

便有了它的嶙峋与风情

挤进林立的建筑，抑或被掩映

以至于一闪而过

存活大地

有着诸多眼睛

凝成琥珀

鹰

鹰的俊美不在翱翔，而是听从岩石的召唤
把自由的元素给予孤独
一半交付红彼岸花
一半被残阳下的岩石托付白色彼岸
血的涂抹，灵魂再一次升华
在于唤醒黑夜
没有过多的叹息
搏击蓝天，付诸与众不同的理念
滑翔浩荡无垠的天空，领略
世界上的万事千物

梨花落，梨花开

我看见：玄冬的刀在游刃

梨树，将热火倾吐成绿的言语

阳光满面，迎合一夜春风

姿态似烟，天地间都是白的元素

近白者白，简单且轻松

在我的深谷攀爬

逼出体内的黑

季节给出最美的答词

质地清甜与素净

交付世人。内核存放艰涩的黑匣子

反反复复。不似桃花

寂静地演绎

梨花落，梨花开

与狗有关的物事

深冬的一天，树婆娑起舞
一条狗挤进门缝
走向狗窝，停下
极像十几天前跟失的狗
清一色的黄毛
萌态可爱。见人摇晃着尾巴
守家护院尽心尽责。无须锁链
很少出过院门
相信外面的环境就像主人家
跟着一路狂奔
离家不过半里，喧嚣突袭
我相信它的机警和灵性
每日半掩着院门——
此时，狗与我对视
我相信我的眼睛
扔下狗粮。竟然懒得搭理
转身，径直院外
尾巴泄露天机
寒气袭来，冥中突生意念
转而，灯光初暖

油 菜

对我而言，崇尚山水多于花草

并非我的颇失与薄凉

一生穷于奔途，苦于清淡

为一种花，深陷其中

撒播种子，荒山田岭葱绿

阳光下，给一种力

便会生机勃发，纷纷攘攘

绿丛缀满黄的色素

任由蝴蝶徜徉，蜜蜂逡巡

飘在花海，红尘的纷繁杂乱皆忘

没有过多的炫耀与太息

历经苦汁，缔结千籽万颗

交给熔炉淬炼

燃烧，淡然回归

化作云彩

像两棵相近的树

像两棵相近的树

黑夜默契，等待黎明

叶尖凝结雾水

哪怕短暂，也要炫出耀眼的光

相互注视，守护时光

等候枝繁叶茂，唇吻甘甜

泉眼里全是盈月的潮汐

我有肤体皲裂的卑怯

黄叶飘零的守助

攥捏内心的雪

随时诱发一场宏大的雪景

亲爱的，我该怎么办

又将如何感激

这片你我根深盘节的地方

即使你将浓荫移出

也会悄悄把你反复回放

野　菊

从一开始，释放原生的野性

跻身山间地岸

不卑不亢，不怒不争

汲取阳光雨露

春意盎然，自带芬芳

操持一身柔纤，蓄满泪水

日送菜畦中离别的孩子

风雨雷电，七月的浴火重生

静守落叶飘零，百花凋残的季节

西风飒飒，与蛙虫告别

霜一天天浓了颜容

一生煎熬

喷薄一轮红日

狗尾巴草

用骨子里的底气，抓住泥土
挺过寒冷的季节
春暖花开，露出头
抖擞着身子，努力把日子过好

无数次刈割践踏
命悬一线，浴火重生
只为一岁葱绿
告诉子女
在灯火通明的喜庆日子
静静播下

一只带来祥和的鸡

打从这片土地上繁殖
有着独特的红冠与肤色
打鸣，温情，生蛋，孵化
深得母亲和邻里喜爱

总爱抱团取暖，群居觅食
积蓄着几千年的温度
承继独特的禀性
每一天引吭，都将注入曙光与温暖

每一次啼唱，将爱层层推进

在乡村，养鸡极为寻常
净一色土鸡

没有油盐，拿几只鸡子
客人进门，一碗蛋挂面
发小间难免破皮流血
母亲兜些鸡子，贴上几句温情话

乡村养鸡大都随意
撒些秕谷米糠，在乎温饱
四处觅食，也会归巢生卵
暖流孵化与庇护，敢跟劲敌拼命

143

鹰的重生

鹰，遨游太空，俯瞰

山川大地，捕捉瞬间即逝的

物事，在于浴火中重生

雷达探巡地面、水下

俯冲敏捷亦精准

一刹那划过的优美

轻松提起湖的微笑

托付岩石之下

孤独亦撕心裂肺地蜕变

形影留存大地

新生交由天空的浩然之气

海之草

打生下来，罗列生命线
没有泥土，没有风花雪月
直面海浪，漂泊中长大
看惯了鱼儿自在，听惯了船家号子
饱吮咸涩，渗透海的脾性
微笑着面对一切
生命线打捞出来，给予阳光
透过斑斓，交出琥珀之心
水草带来福祉

布谷声声

雪捧出梅。冰凌刺穿夜的黑帘

爆竹将过去的交付旧桃

羽翼邮寄迎春花

浓了二月杏花，醉了三月桃红

清明时节，黑牛踏蹄撒欢

天地间花红柳绿，落英缤纷

布谷鸟点燃了春雷

天南海北，绿浪展翅与翻腾

梅雨时节的布谷声声

石榴爆裂中国红

蜘　蛛

整个下午，蜘蛛像耐心细致的音乐师
选定音符、音色与音调
反复构建一首高低起伏，平缓舒展的
圆舞曲，跨度的壁立与纵横
顺着太极的经纬辐射
极像军中帐的诸葛亮
淡定地摇晃羽扇
风似摧毁编钟内的气泡
将八阵图撕裂
重铸。反复研磨曲子韵律
弹奏"十面埋伏"

雾

天空再大，鸟抵达不了的
雾能做到，雾难以装下的
水可以。天地间清新且浸润

藏身山川、湖泊——
随性。暮色中蓬勃而起
世间的千事万物渐趋迷失
静寂中等待——

从山谷攀爬、升腾
把天空中奔跑的马、牛、羊——
驯服。安上羁头

就这样，天空挨着天空，山峰衔接山峰
将厚与实的玻璃碎裂，大地芒光灼灼

鸡心汤

三十年啦
刀削削轮廓
打开黑匣子
沸点最高
她每日冒头
常晒些鸡心汤
（预防老年痴呆、老年梗塞——
如何加以保健之类）
像《祝福》中的祥林嫂
已有时日
微信群内少见往日热闹
想起鸡心汤

活成一棵树

菩提树下。你我修行成一棵树

一半在土中托起，一半在风中飞扬

东方吮吸晨阳，西边沐浴余晖

拥簇一袭阴凉，绽放一树白云，槃涅芳香

雨中泪痕，似数不完的眼睛

沐浴暖阳，风一样倾诉

没有烦忧，守持一份静美

雨中洒脱。春风中旅行

耸直拗峭的脊骨

披沥伊甸一片缟素，圣洁

刀劈斧削，壁炉内焚烧

少有叹息

鸟

南山的不老松

驻守两只鸟

喜鹊似光明灿烂的姨娘

却不屑常年缁衣

肤体嵌入粉尘

喘着粗气，呕出黑痰的母亲

厮守着嶙峋且松毛如雪的苍松

隐忍芒刺的扎入

活成乌鸦

望夫石

无法知道，你天晴戴着草帽，冬天站成雪人

守望水中的江月

惊羡山花烂漫，情侣执手相语

雁在孤鸣，树叶飘落又着衣

像久旱之年庄稼汉

渴望咸涩的温润的海风出现

都随一江春水，吹雪成冰

千万年。站成雕像

守望着过江白帆

百次，千次，千万次

把一轮轮圆月交付

黯然消瘦

马　说

白马，无拘无束，无鞍无缰
秦始皇驾驭，统一六国
项羽横跨，坠落刘邦马前
曹操乘骑，东临碣石，壮心不已
李白倒骑，醉酒斗诗三千
苏东坡乘坐，漂泊天涯，心安即是吾乡
成吉思汗跨越，横征四夷
努尔哈赤率八旗子弟入关
——

马，快如风，疾如电
有着各自的坐标
马前的坎，总难跨过

153

植　树

就这样，择定一处场地

栽下树苗，施加养分

扎下根。微风中满面阳光，点头微笑

飓风将它连根拔起

重新加深与定位

安放支撑物。树再次投入身心

绽吐新绿，健壮且快乐——

父辈一生都在栽树

风雨中守望

化作泥土

托起树

根须在蔓延

钉　子

钉子
有着"伸缩术"
进入墙体
承接锤子敲击

咬住墙，揳入愈深
承载的负荷愈重

钉子熬磨出锋芒
穿透墙体

钉子被磨钝，亦有弯折
千形万状。一头钉着英雄气短
一头缔结母亲的子宫
有着温度

萤火虫

背负星光，学着月亮
把童年交给千纸鹤

像银燕
像邮票
像穿越千年的蝴蝶
像林间飘扬的小夜曲——

更深的夜，背着黑匣子
款款飘落

马头琴（1）

走进草原，投入马头琴的怀抱
颤动。追随跳跃的音符
草在拔节，万马在奔腾

雨后草原，白云与天相接
把自己交付一匹马
夜寂然。星子伸手可摘

停下。抚摸马背
潮热的湿气，响亮的喷嚏
顺着抖擞的马鬃
耳熟能详，气场将我打湿

更深的夜，马头琴信马由缰
江南小桥，流水婉转低唱

马头琴（2）

拥抱的你渐渐远行
手中的马头琴暗自哭泣
琴音绵密，草地长着沙棘的刺
蒲公英的雪花在天空中飞

响起时的你扬起征尘
告诉我，这就是你当年的别离
惊喜的雨仿佛在挽留
秋雁排成人和一。飞过我的天际

绵绵无期的雨淅淅沥沥
远去的你是否可知
怀里的马头琴就像九曲河的流水
淙淙的叮咛，让我追赶一程又一程

弦换了一次又一次
不变的琴音压迫着脆弱的神经质
只道惊喜像夏日滚过的响雷
白云短暂停留，带来丝丝凉意

夜深的我拨动着马头琴
随水流淌着离别时的琴音
明亮的星就像你清澈的潭
告诉我，中秋的月圆了一轮又一轮

离别的眼神像雪泥鸿爪般清晰
挥不去是你远行时挥手的身影
唯有马头琴像忠实的骏马日夜奋蹄
陪我一茬又一茬地与你祝愿与迫近

狗

鸡生了蛋，自鸣且得意
宠信的猫咪，还常叛逆

狗，守门看户，吃食随意
拴着，还遭呵斥与脚踢
甘愿主子折磨至死

"狗咬吕洞宾""狗不理包子"——
天生并非不识好歹
给予安慰，忝列十二属相

花非花，雾非雾
就像世间以狗比喻的名词
"狗骨头""狗杂种""狗汉奸"——
莫须有。狗坦荡以对

八　哥

笼中八哥，像个演说家
学着主人说好话
儿子说
隔壁的阿毛
尾随领导
似喂养的八哥
我不完全赞同这个比喻
鸟有鸟语
只要重返林中
人呢？

牛 犊

牛犊噙着泪，一步一回头

足够雪峰崩裂

没有笼头的日子，多好！

母亲，您在哪里？

从此天各一方

唯有跪拜

母亲体力不胜当年

顺从，努力耕作

结局都将注定

鸟多好

车在起动

山地传来悲鸣

撕心又裂肺

混凝土

对我而言，水、岩石、沙、砂石
就像公园里的花草树木

把岩石交由火，水为魂，砂、石作骨
可以活成千程万里
可以喊停滔滔江水
可以构建耸入云霄的建筑物
可以浇筑坚固的长龙——

我看到：每一处湖光山色的秀美
在于江河大地上诸多元素的亲密无间，骨肉相连
正如一个家，一个民族，一个国家
有着母亲深层养分，根植一种基因
瓜藤绵延，承继着混凝土的精气
生生不息

芦　苇

我看见：芦苇饱餐湖中的养分

满面阳光，挺着纤弱的芦秆

做着纤维体操

飓风碾过。立于水中央

日日怀持着绿，水天间有一种阵势

勃然向上。鸟立于芦苇的惊羡

随着季节，吸尽湖中的毒素

水依次退出湖滩

芦苇梳理散乱的发，转身成雪

没有太多的叹息，风中随水飘然

寂默地挺过冬季

空旷的芦苇荡，水暖时节

野鸭最先知觉

悯　蛙

冬天多好！
虫子谁来唤醒
荷花又开了
生物链上的珍珠纽扣
缘何押赴菜市场
剁头扒皮，开膛掏肚
曾也是公主
攒足气血对天喷溅
唱歌、游泳、食害虫——
还嫌不够
莫须有地追究
你们也曾有尾巴，也爱歌唱
油炸煎烹，啖之尸骸无存
佛前虔诚忏悔
生下时
亦非如此

165

野外的灯笼

就这样，像个静立野外的思想者

攥紧骨子里苦涩的源头

把绿编织果之物语，爆炒夏日白云

在初秋的枝叶间孕育

趁着霜冻花到来，褪脱浓妆

将果体内的苦涩逼出

燃起满树灯笼，挽留往返过客

月光刻画下细节的篇章

根除虚拟的水分，充填元素

描写的行程集结五指峰

珍惜生活厚意与爱情的糖

深植。等待深谷攀爬的言辞

掰开皱褶瓢红的蜜饯

甜润且暖红

田　野

秋后的田野，空旷开阔
收割的喜悦镀上一层古铜色
鸟逡巡着，时而掠起
短茬在晨光中啜饮银露
晚来的雨。泥土在涨满，短丛在新生
遗落的谷子蹦出
犁耕再次扑灭
油菜、紫云英探出脑袋
燃起的绿烟，紧凑且拔高
争着点燃惊蛰的春雷
一场人欢马叫的葬礼之后
便有了一种绿叫沸腾

夹竹桃

立于庭园墙隅，姿态低调
练就金刚之身
孑遗于世。仿佛天空下的遗物
开到极致

日子苦毒无尽头
光鲜明显是抵达光的 ·种方式
内部隐忍，和自我撕裂的痕纹
是抵抗外来诱惑的另一种方式

一种鱼的存在

鄱阳湖有了银鱼

湖水有了骨感

柔美且温情。寂寞地做着美容师

唯有汛期，有一种强大阵势

壮观亦浩荡

玫瑰红涂抹一场存亡绝续的盛会

咏唱绝美的赞歌

嫩白入味

阳光下，似苔花一样

山谷种上树木花草，养些流浪的动物
乐山爱水，关心起粮食蔬菜
听窗外雨打芭蕉
让雪覆盖。魑魅魍魉囚禁孤岛

撒播的种子不再落空
天地间都是绿
林间的空气和谐且清新

一棵草一片绿微不足道
阳光下自由地舒张
似苔花一样开放

一只蝴蝶的幸临

整个下午，我虚拟着
鸟语花香，和风吹暖的春天
一只蝴蝶不惊不慌，悄然而来
在草丛，在花间，在林中
追逐。神经元血液偾张
荆棘深入的疼与痛
拔除与修复。后遗症复发
我的不忍，它的不弃
阳光下，停落掌心，仿佛一个世界
游走五指
颤巍。意识的心旌荡漾
仿佛一切物事与它都有关联
深陷其中，有如虚脱

171

张开翅膀的树

小区内，一棵张开翅膀的树
面向阳光，漫起一头瀑布
孑立。日复一日
尘雾遮掩姿容
渴望一场雨，舒张身子
鸟倾听绿的言辞
虫侵入体内
清明时节，失身于一场飓风
闪着泪，张开嘴
风中左挪右腾
孩子告别，行人将它燃烧
燃成黑炭，依旧持有生前的脉络
烟火浓且烈

葡　萄

像个坚忍的隐者

怀持侠骨柔肠

摆正姿态，匍匐险恶、朽败的支架

畅想着。熬过残冬

勃发绿的生机，风中飞扬

生命发挥极致

玛瑙浑圆且剔透

世间便有了沁人心脾的

葡萄红，葡萄白

酸涩的日子

至今难忘

对一只乌鸦的接受

一切都在叠加、转换
红与黑，黑与白，粉饰的脱落与斑驳

东方与西方，黄海、红海、黑海、地中海——
黄种、黑种、白种，肤色的区分
黑色素的根植与排斥
抹不清，撇不开。世间的滤色镜

靠近白，趋近黄。绚丽多彩
近墨者坚守，黑夜的尽头必有曙光

活出本真的乌鸦，庄重且肃穆
嘶哑的刺耳与惊悚
不排斥，亦无反感

事物在时间里浓聚一朵乌云
电闪雷鸣，下一场雨
对一只通性与渴望的乌鸦
欣然接受

芭　茅

谈谈芭茅吧。生如韭菜
立于田塍地岸，像剪径者
藏身山间，似绿林中的好汉
占据山水天地，长有
义薄云天、结草衔环的骨节
葳葳蕤蕤蔓延壮大
煽惑更多子民
引发一场野火
制造些流血事件
一次次刈割，不等平息
生发成强大阵势
璎珞刺入天空
等待时机，掀起
规模宏大的绿色风暴

第五辑　古风诗笺

端　午

又道杨梅枉自多，渐生华发悲蹉跎。
菖蒲艾叶连年挂，又叨雄黄稚童缀。

观小矶山有感（一）

茫茫烟海一线牵，水光潋滟百舸争。

诡浪谲云生万象，独钓江湖一渔翁。

当代"女愚公"有感

艰辛遭遇缘一径，千年山阻隔世间。
披星赶月身先率，岩石咬定为儿孙。
愚公凿山无穷日，大山贯通道酸辛。
自古人生谁无死，终圆山外小康梦。

雪鹰（新边塞诗）

漫漫边关路，寥寥四周星。

危岩立千仞，茫茫雪无踪。

挺直似青松，关山度若飞。

思君情何堪，寸寸山河心。

观小矶山有感（二）

碧海烟波水潋潋，流水落花月依然。
阅尽沧桑千秋事，独钓江湖任雨烟。

观鄱阳湖二桥

汉时明月照鄡阳，今时江月照都昌。

千帆过尽山依旧，不见当年明太祖。

沉舟侧畔兴亡事，笑谈尽付鄱阳湖。

而今迈步水阻隔，百鸟翔集见彩虹。

悬崖村（一）

远上天梯千仞间，白云生处有人家。
鸡犬相闻人相拥，笑问客从何处来。

悬崖村（二）

千仞悬崖山中客，皆因避乱与世隔。

沧海桑田沐党恩，时今翻作城里人。

庆祝建党 100 周年

漫漫长夜九州天，饿殍遍地魑魅现。
南湖红船立灯塔，拨开乌云见曙光。
红旗卷起工农戟，星星之火可燎原。
遵义转折定砥柱，船行万年创辉煌。

山村惜别

空山雨后绿，晨曦薄雾敛。

日出松间照，柳绿客舍新。

巷道鸡犬起，炊烟袅袅升。

又送王孙去，依依满目情。

庭院春日

胜日庭院吐芳菲，谁家早莺戏蜻蜓。
来回渐欲迷人乱，飞入树中无处寻。

春　怨

东风无力护百花，春风得意马蹄踏。
秋来雁去几回醉，流水无情踏落花。

居家偶记

布衣安步啖粗饭，河东相向亦行难。
缘本只为独向隅，一蓑烟雨度平生。

庭院偶感

四顾萤光接月光，十里南山色迷茫。

清风蛙浪似人意，唤来芙蓉入清凉。

邻院枣树

罗四娘家枣花雨，忽如一夜仲夏至。
流连鸟雀声声闹，惹得蜜蜂深深觅。

扑　枣

罗大姐家枣满蹊，千只万颗压断枝。
顽童竞扑声声浪，引得云雀款款飞。

桃花源杂咏

　　渔人入桃花源，尽目落英缤纷。人皆以仙者自居。入住数日，乐不思蜀。一日，黄蜂涌入，似风雨侵蚀，流水落花，夺箪食瓢饮而去。众人含怒愤激，皆不敢言。遂惋惜之，和唐寅桃花诗八首咏叹：

一

桃花源里桃花开，桃树本是仙人栽。
仙桃原为仙人果，不知花果为谁栽。

二

车马辘辘为何缘，无情风雨落红乱。
不见当年五陵墓，桃花依旧笑春风。

三

摘来桃花对酒抿，半日醒来半日眠。
醒来只为做桃仙，雨后残花挂泪痕。

四

三十河东三十西，不分高山与平地。
异客无意觅仙地，桃李生来皆姊妹。

五

桃花生来为蜜开，唯有歌者最独爱。
众花无意随流水，何道黄蜂闯入来。

六

泥鳅本为池中物，风云一遇化作龙。
秋风横扫堪入目，劫掠仙境似寒冬。

七

别人笑我太痴妄，我笑他人看不穿。
本是世间寻常事，有花有酒何瞎忙。

八

今日愁来明日忧，疯疯癫癫几人有。
无关浮尘风月事，何堪书生打酱油。

山村春居

村郭簇新居，雨后林清新。
氤氲山中绕，草木随风绿。
天高地低旷，醒来听鸟声。
何须车马喧，山水适本性。

大 雪

月初夜更深，牖外彻夜明。

疑似不是夜，入目皆是银。

蝶恋花

独立峭岩吐芳菲，迎风猎猎欲意迷。
飞入花丛深深觅，欲将海棠作玫瑰。

199

瓷　都

千年窑火旺，焙煨世代魂。

飞入亿万家，载着中华梦。

流　萤

白昼不常在，只为夏夜来。
虫子小如米，也学太阳晒。

杨　柳

前年相见杨柳绿，去年惜别芽未缀。

飞燕尚且栖旧窠，柳絮扬花恨流水。

题鄱阳湖落星墩

千年飘落一星墩，烟波浩渺水晶宫。
秋去滩出颜卿显，揽得仙迹入明空。

湖畔客居

离离湖上草，白鹭绕牛飞。

客来乍惊起，空旷独徘徊。

素昧不相识，只因性相适。

人间有寒暑，谁人亦如是。

江畔独寄

独寄江畔夜未休，西风吹落满江秋。
卧石遗迹凭谁问，唯见江水空自流。

寒　食

二月吹暖柳先知，鸟栖枝头争春意。
要数清明烟火浓，梨花素淡数寒食。

思江南

都说江南好，
却道江南老。
思君时节不见君，
江畔枕愁眠。

春水碧连天，
愁丝似轻烟。
阅尽千山都不是，
江水问青天。